大學國文選
社會與個體

五南圖書出版公司 印行

輔仁大學國文選編輯委員會
召集人 王欣慧
主 編 孫永忠
編 撰 邱文才、陳恬儀

編者的話

陳恬儀、邱文才

本分冊的選讀對象主要針對社會科學院、法律學院以及管理學院的學生，這三個學院的屬性都和人類社群的組織、樣態、系統、規範等知識相關，管理學院探討群體的管理與經濟系統，法律學院探討群體的秩序與規範，社會科學院探討群體的系統、架構與互動，本分冊選文亦著重選取與此範圍相關的內容。由於語文課程本有訓練適切表達之需要，在本教材之上冊已選取衆多敘事及抒情相關作品的前提下，本分冊著重選擇適合之議論文範本，以及透過故事性來傳達理念的作品。

首先，《呂氏春秋．貴公》、張小虹之〈資本主義的「時物鏈」〉、呂政達之〈諸神的黃昏〉這幾篇可作為討論群體系統架構與規範的開端。《呂氏春秋．貴公》闡發君王治國大法為「公」的道理，反之，則天下難以大治。全文可分為四個部分：第一，說明「治天下必先公」的道理；第二，由天地自然這樣的客觀世界，所展現出「公」的道理；第三，以管仲、桓公的對話為例，說明「公」的內涵；第四，由比對智愚以明「公」之理為結。〈資本主義的「時物鏈」〉討論在資本主義高度發達的今日，商品各種面向價值都被資本家們細膩地考核著，當然商品的時間性也不例外，「即品」的銷售思維即是著例。但作者以為，或許我們可以打破資本家們所設定的「時物鏈」，從而獲得另一種運用物品的自由，而非被框限在資本主義的套路。〈諸神的黃昏〉以一位監獄中負責教化死刑犯的教誨師為主角，透過他寫給受害者家屬的信件，在寫出一位加害者懺悔者心路歷程的同時，也表達對人性與神性的思索，令我們重新思考「慈悲」與「正義」的關係。

其次，迪洋．馬督雷樣之〈我在博愛特區的這一天〉，以及李美賢之〈「新住民第二代」？叫他們「我們」就好了！〉二篇則著重由「族群」的角度，重新審視我們的社會組成與互動。〈我在博愛特區的這一天〉一文中，迪洋．馬督雷樣以一位具有「布農族」血統的「警察」身份，當他在博愛特區值勤，面對著來自部落，要向國家機器抗議並要求族群正義的族人時，就不可避免地面臨了自己「雙重」身份的尷尬，一方面必須無情地代表「國家」執行公權力，但另一方面，身為原住民，在文化與日常生活的根源又處處可見以漢人文化為主的「國家」與原住民文化的衝突與控制。以這一場族人的抗爭為例，「國家公園」是由「國家」來管理的自然環境，限制人類活動，以達到保護山林之效，是出於自然保育與國土規劃之良善規劃，但對原住民來說，則是將他們世世代代居住的家園、生活的空間進行管制，生活因此充滿限制，透過本文，我們或許能夠以不同的族群觀點重新審視我們熟悉的國家與社會。〈「新住民第二代」？叫他們「我們」就好了！〉則由「新住民第二代」是否代表「弱勢」，帶領我們重新思考潛藏在「善意」之下的「偏見」，無論是惡意的輕視或善意的憐憫或過度期待，都是把「新住民第二代」視為「非我族群」的異類，因此作者主張停止這類具有鮮明族群劃界意識的族群命名行動，讓「他們」成為「我們」！

另外，人類為了生活，社會生活中不能擺脫工作與職場，可以說現代社會中最大的族群可能就是「上班族」，人們在工作中尋找生命的意義、價值的實踐，但也可能在日復一日的無趣工作中度過漫長而重覆的歲月，王文靜之〈沒有大學文憑的日子〉透過具體而實際的經歷說明良好的人際與工作態度，是一篇正面勵志的文章，而陳黎之〈我在街上看到許多卓別林〉與顏擇雅之〈薛西弗斯上班去〉則從一個較宏觀的面向討論工作與自我生命的關係。

〈沒有大學文憑的日子〉一文中，作者經過聯考落榜的打擊後，重新檢視、省思及建構自我。透過努力，作者將缺乏大學文憑的履歷從人生的缺憾，扭轉為成就人生成就的動因，以闡述這樣的道理——

生命的價值從來不會被外在世俗標準所框限，反之，全賴個人的努力與追索而來。〈我在街上看到許多卓別林〉中運用卓別林這個形象，他是著名的喜劇演員，最擅長表現不幸的人、流浪漢等底層的人，尤其是他在《摩登時代》（Modern Times）中扮演經濟大蕭條時期受盡壓榨的工人，在那個時代中，機器取代人工，失業率居高不下，工人成為了大機器生產中的一顆小小螺絲釘，每天被重複繁重的工作壓得喘不過氣。時至今日，我們是否擺脫這樣的處境？可以說在現代社會中，每個人認真地扮演自己的角色、人生，扮演的結果，大家都成為出色的默劇喜劇演員，努力地於無語中博君一粲，看似努力地為自己而活，實則不知所以地成為外在價值觀、社會規範的各式詮釋範例。這些人或許是所謂的「人生勝利者」，或許是所謂的「新貴」、「名媛」，但殊不知，在過於「入戲」的同時，所謂的自我早已面目全非。〈薛西弗斯上班去〉則透過西方神話中的薛西弗斯來討論工作是不是一種酷刑？薛西弗斯推石頭上山的工作，和現代社會中的許多工人、上班族類似，甚至現代社會因為企業的分工、切割，以及龐大的體制，而更加疏離，活在這種龐大如同機器般的體制下，人們缺乏尊嚴、缺少感情，充滿對人際互動甚至對自我的疏離，對抗這種疏離的方式除非是透過制度，也就是類似「公社」制度，不然就只能想辦法「熱愛工作」，強化工作的價值，而基於「公社」缺乏自由，因此作者仍然推崇後者。閱讀本文時宜同時參閱卡繆的〈薛西弗斯的神話〉一文。

本分冊也選擇《戰國策》中的數篇，以及柳宗元的寓言故事〈宋清傳〉來示範說服之術。《戰國策》中的〈唐雎說信陵君〉一文，由不可不忘與不可不知的對比敘述中，鋪陳出施恩於人的重要性。〈燕昭王收破燕後即位〉一文，深入分析什麼樣的領導者，會吸納什麼樣的人才的道理，以推論若要成為一位成功的領導者，務必要有深刻的自覺意識，及超強的自律能力。〈觸讋說趙太后〉一文，觸讋展現超高明言語技巧，即一開始有效主導對方情緒，接著則持平地分析利害得失，成功地說服趙太后，並弭平趙、齊之間的緊張關係。這些戰國策士深諳人們的心理，這些故事中的遊說場景、對話，甚至表情動作，都值得仔細體會。〈宋清傳〉透過藥商宋清以捨小利、近利以求大利、遠利的經營主軸，在具體的做法上雖令旁人覺得一反常理、並不明智，但實際上則是放長線釣大魚的宏觀視域及經營謀略的體現，柳宗元透過這個故事要提示的人情義理以及經營的格局，閱讀者想必亦頗能體會。

與本分冊相關主題的作品繁多，各種議題的討論亦相當多元繽紛，然有一些作品因無法取得授權，故只能忍痛割愛，期望閱讀者能多自行延伸閱讀，並透過大量吸納各種論述與意見，從而思考、討論、聆聽、溝通，並進一步自我發聲、建構論述，共構一個擁有眾聲喧嘩而多元和諧的開放社會。❶

❶建議延伸閱讀如：1. 朱天心著：〈第凡內早餐〉，收入朱天心著：《古都》，臺北：印刻文學生活雜誌出版股份有限公司。2. 唐諾：〈集體性暴力迫害的祕密及其終結〉，收入唐諾著：《在咖啡館遇見十四個作家》，台北：聯經出版事業股份有限公司。3. 吳明益著：〈我將是你的鏡子〉，收入吳明益著：《浮光》，臺北：新經典圖文傳播公司。4. 史蒂芬．丹寧（Stephen Denning）著：〈說故事領導力〉，收入黛博拉．坦南、傑伊．康格、史蒂芬．丹寧（Deborah Tannen / Jay A. Conger / Stephen Denning）等著：《哈佛教你打造溝通力：成功推動絕妙構想、有效凝聚團隊共識的關鍵智慧》，臺北：哈佛商業評論出版社。5. 陳嫦芬著：《菁英力：職場素養進階課》，臺北：商周出版。6. 房慧真著：〈那一夜，從地獄回來報信的人〉，《報導者》二〇一六年三月二十五日報導。（https://www.twreporter.org/a/xinwufire-the-survivor）

目次

貴公

呂不韋

昔先聖王之治天下也，必先公❶，公則天下平❷矣。平得於公。嘗❸試觀於上志❹，有得天下者眾矣，其得之以❺公，其失之必以偏。凡主之立也，生❻於公。故〈鴻範〉❼曰：「無偏❽無黨❾，王道蕩蕩❿；無偏無頗⓫，遵王之義⓬；無或⓭作好⓮，遵王之道；無或作惡，遵王之路。」

---

❶公：《說文解字》云：「背私為公。」即公正無私。
❷平：和平。
❸嘗：猶「試」。
❹志：記錄事物的書。上志：上古時代的記錄。
❺以：仰賴、憑藉。
❻生：表「出」義。
❼鴻範：《尚書‧周書》中的一篇，一作「洪範」。洪：大也。範：法也。本篇述武王克殷後，訪箕子，箕子對武王所陳治國之大法。
❽偏：表不平。
❾黨：表偏袒、偏私。
❿蕩蕩：平坦、平易。
⓫頗：偏邪不正。
⓬義：法則。
⓭或：有也。

天下非一人之天下也，天下之天下也。陰陽[15]之和[16]，不長[17]一類；甘露時雨[18]，不私一物；萬民之主，不阿[19]一人。伯禽[20]將行，請[21]所以治魯[22]，周公曰：「利而勿利[23]也。」荊人有遺[24]弓者，而不肯索，曰：「荊人[25]遺之，荊人得之，又何索[26]焉？」孔子[27]聞之曰：「去其『荊』而可矣。」老聃[28]聞之曰：「去其『人』而可矣。」故老聃則至公矣。天地大矣，生而弗子[29]，成而弗有[30]，萬物皆被[31]其澤[32]、

⑭好：私好、偏好。

⑮陰陽：古人以為化生萬物的兩種元素，即陰氣、陽氣。

⑯和：調和。

⑰長：養育。

⑱時雨：指及時雨。

⑲阿：音ㄜ，表迎合、偏袒。

⑳伯禽：周公之子，周成王封之於魯。

㉑請：請教。

㉒所以治魯：治理魯的方法。

㉓利而勿利：指循於天地道法而利之，勿以個人愛惡而利之。

㉔遺：亡失、丟失。

㉕荊人：楚人。古時楚國亦稱為「荊」。

㉖索：求也。

㉗孔子：姓孔，名丘，字仲尼，春秋晚期魯國人。是儒家學說創始人。

㉘聃：音ㄉㄢ。老聃：姓李，名耳，字伯陽，諡聃，春秋晚期思相家，道家學說的創始者。

㉙子：此作動詞用，表照顧、愛撫。

㉚有：表占有。

㉛被：蒙受。

㉜澤：恩惠。

得其利，而莫知其所由始，此三皇㉝、五帝㉞之德也。

管仲㉟有病，桓公㊱往問之，曰：「仲父之病矣，漬甚㊲，國人弗諱㊳，寡人將誰屬國㊴？」管仲對曰：「昔者臣盡力竭智，猶未足以知之也，今病在於朝夕之中，臣奚㊵能言？」桓公曰：「此大事也，願仲父之教寡人也。」管仲敬諾，曰：「公誰欲相？」公曰：「鮑叔牙㊶可乎？」管仲對曰：「不可。夷吾善鮑叔牙，鮑叔牙之爲人也：清廉潔直，視不己若㊷者，不比於人㊸；一聞人之過，終身不忘。」「勿已，則隰朋㊹其可乎？」「隰朋之爲人也：上志而下求㊺，醜㊻不若黃帝㊼，而哀㊽不己若者；其於

㉝三皇：傳說中上古時代的三位帝王。說法不一，一般指伏羲、神農、黃帝。

㉞五帝：傳說中上古時代的五位帝王。說法不一，一般指黃帝、顓頊、帝嚳、唐堯、虞舜。

㉟管仲：姓管，名夷吾，字仲，一字敬仲。初事公子糾，後事齊桓公為相。執政期間，使齊國強大，進而尊王攘夷、九合諸侯，使齊桓公成為春秋時代第一位霸主。

㊱桓公：即齊桓公，姓姜，名小白。任用管仲，勵精圖治，成為春秋五霸之一。

㊲漬：指病。甚：很、非常。

㊳國人弗諱：當作「或又弗諱」。金文「或」即「國」字，後人因書為「國」。「又」與「人」形近，後人又因「國又」不辭，遂妄改為「人」；「又」讀為「有」。諱：忌諱。弗諱：即不諱，此為死亡的婉轉說法。「或又弗諱」指若有不測。

㊴屬：音 ㄓㄨˇ，同「囑」，託付。

㊵奚：為何，表疑問語氣詞。

㊶鮑叔牙：春秋時齊國大夫。與管仲相交相知甚深，後人遂用「管鮑之交」，喻友情深厚。

㊷不己若：不如自己。

㊸不比於人：不與人親近。

㊹隰朋：春秋時齊國大夫。受管仲推薦。

㊺上志而下求：記識上世賢人，亦不恥下問恥。

㊻醜：恥。

國也，有不聞也；其於物也，有不知也[49]；其於人也，有不見也。勿已乎，則隰朋可也。」夫相，大官也。處大官者，不欲小察，不欲小智，故曰：大匠不斲[50]，大庖不豆[51]，大勇不鬭，大兵不寇[52]。桓公行公去私惡，用管子而爲五伯[53]長[54]；行私阿所愛，用豎刀[55]而蟲出於戶。

人之少也愚，其長也智，故智而用私，不若愚而用公。日醉而飾服，私利而立公，貪戾[56]而求王，舜弗能爲。

---

[47] 黃帝：姓公孫，生於軒轅之丘，故稱為「軒轅氏」；建國於有熊，故或稱為「有熊氏」。於涿鹿之戰打敗蚩尤，並取代神農氏，成為天下共主。被後世視為中華民族的共同始祖。

[48] 哀：憐憫。

[49] 物：指事。其於物也，有不知也：指非其職事，不求盡知。

[50] 斲：砍、劈。大匠不斲：高明的木匠不用斧頭去砍劈。比喻在上位的人不逞用小智，管不該管的事。

[51] 庖：廚師。豆：古代盛食物的器皿。器形似盤，但有圈足，多有蓋。大庖不豆：言大庖不做代列籩豆之小事。

[52] 「大匠不斲」、「大庖不豆」、「大勇不鬭」、「大兵不寇」均是喻上位者不越職而為小事。

[53] 五伯：即五霸，指春秋五霸。

[54] 長：首領。

[55] 豎刀：齊桓公的宦官，深受寵任。桓公死後，與易牙、開方亂國，五子爭立，無人主持桓公喪禮，以至桓公屍首遲遲未能下葬，任由其屍首腐爛，最後其停屍之處，屍蟲多到流出門戶。

[56] 戾：兇狠暴烈。

戰國策　節選

唐且說信陵君（信陵君殺晉鄙）❶

信陵君❷殺晉鄙❸，救邯鄲，破秦人，存趙國，❹趙王❺自郊迎。唐且❻謂信陵君曰：「臣聞之曰，事有不可知者，有不可不知者；有不可忘者，有不可不忘者。」信陵君曰：「何謂也？」對曰：「人之憎我也，不可不知也。吾憎人也，不可得而知也。人之有德於我也，不可忘也。吾有德於人也，不可不忘也。今君殺晉鄙，救邯鄲，破秦人，存趙國，此大德也。今趙王自郊迎，卒然❼見趙王，臣願君之忘之也！」信陵君曰：「無忌謹受教！」

❶本文選自《戰國策．魏策四》。

❷信陵君：戰國時代魏國人，姓魏名無忌，魏昭王子，魏安釐王弟，「信陵君」為其封號，後世亦稱之為「魏公子」。好禮賢下士，曾養士三千，與趙國平原君、齊國孟嘗君、楚國春申君合稱為「戰國四公子」。

❸晉鄙：魏國將領。

❹此指信陵君竊符救趙一事，可參見《史記》的〈魏世家〉及〈魏公子列傳〉。

❺此是趙孝成王。

❻唐且：魏國人，「且」音ㄐㄩ，或作「雎」。

❼卒然：急遽的樣子。卒：音ㄘㄨˋ，此同「猝」。

燕昭王收破燕後即位

燕昭王⑧收破燕後，即位，卑身厚幣，以招賢者，欲將以報讎。故往見郭隗⑨先生，曰：「齊因孤國之亂，而襲破燕，孤極知燕小力少，不足以報。然得賢士與共國，以雪先王之耻，孤之願也。敢問以國報讎者奈何？」郭隗先生對曰：「帝者與師處，王者與友處，霸者與臣處，亡國與役⑩處。詘指而事之⑪，北面而受學⑫，則百己者⑬至。先趨而後息⑭，先問而後嘿⑮，則什己者⑯至。人趨己趨⑰，則若己者至。馮几據杖⑱，眄視⑲指使，則廝役之人至。若恣睢⑳奮擊㉑，呴籍叱咄㉒，則徒隸之人至矣。

⑧公元前三一四年，燕王噲將王位禪讓給宰相子之，燕太子平被各方勢力慫恿起兵欲奪回政權，但出師不利，死於禍亂中。齊國乘此派兵攻破燕國，燕王噲、子之先後被齊軍所殺，燕國幾近滅亡。次年，趙武靈王擁立在韓的燕公子職為燕昭王，並派人護送歸燕。

⑨郭隗：戰國時代燕國人。隗：音ㄨㄟˇ。

⑩役：指僕役。

⑪詘指：即「屈指」，表屈意、降志之義。

⑫北面而受學：此指以賢人為師，雖貴為人君，但仍執弟子之禮侍奉之。

⑬百己者：指才能超過自己百倍之人。

⑭趨：指疾走。息：休息。先趨而後息：指迅疾做事於人之先，休息則於人之後。

⑮嘿：通「默」。先問而後嘿：先於他人發問，沉默則於人之後，表虛心請教。

⑯什己者：指才能超過自己十倍之人。什：同「十」。

⑰人趨己趨：指自己與他人舉措同樣快慢。

⑱馮：同「憑」，依靠。馮几：依靠几案。據杖：手拄手杖。

⑲眄視：斜視。眄：音ㄇㄧㄢˇ。

⑳恣睢：音ㄘˋ ㄙㄨㄟ，暴戾、放縱的樣子。

㉑奮擊：奮起擊人的樣子。

此古服道致士㉓之法也。王誠博選國中之賢者，而朝㉔其門下，天下聞王朝其賢臣，天下之士必趨於燕矣。」

昭王曰：「寡人將誰朝而可？」郭隗先生曰：「臣聞古之君人㉕，有以千金求千里馬者，三年不能得。涓人㉖言於君曰：『請求之。』君遣之。三月得千里馬，馬已死，買其首五百金。反以報君，君大怒曰：『所求者生馬，安事死馬而捐㉗五百金？』涓人對曰：『死馬且買之五百金，況生馬乎？天下必以王爲能市㉘馬，馬今至矣。』於是不能期年㉙，千里之馬至者三。今王誠欲致士，先從隗始。隗且見事，況賢於隗者乎？豈遠千里哉？」

於是昭王爲隗築宮而師之。樂毅㉚自魏往，鄒衍㉛自齊往，劇辛㉜自趙往，士爭湊㉝燕。燕王弔死問生㉞，與百姓同其甘苦。二十八年，燕國殷富，士卒樂佚輕戰。於是遂以樂毅爲上將軍，與秦、楚、三

㉒呴：音ㄏㄡˇ，通「吼」，表吼叫。籍：讀為「諎」，表大聲。叱咄：大聲呵叱的樣子。呴籍叱咄：表大聲呵叱的樣子。

㉓服道致士：服事有道之人、招徠才能之士。

㉔朝：謁見。

㉕君人：即人君。

㉖涓人：負責宮中灑掃的官員。

㉗捐：即棄，表浪費之義。

㉘市：表買。

㉙不能期年：不到一年。期：音ㄐㄧ。

㉚樂毅：戰國時代魏國人，樂羊之後，燕昭王時大將，屢建戰功。

㉛鄒衍：戰國時代齊國人，著名的哲學家，為陰陽家的代表人物。

㉜劇辛：戰國時代趙國人，為燕昭王的將領。

㉝湊：指奔赴。

㉞弔死問生：弔祭者者，慰問生者。

晉合謀以伐齊。齊兵敗，閔王[35]出走於外[36]。燕兵獨追北[37]，入至臨淄[38]，盡取齊寶，燒其宮室宗廟。齊城之不下者，唯獨莒[39]、即墨[40]。

觸讋說趙太后（趙太后新用事）

趙太后新用事[41]，秦急攻之，趙氏求救於齊。齊曰：「必以長安君[42]爲質[43]，兵乃出。」太后不肯，大臣強[44]諫。太后明謂左右：「有復言令長安君爲質者，老婦必唾[45]其面。」

左師觸讋[46]願見太后，太后盛氣而揖[47]之。入而徐趨[48]，至而自謝[49]曰：「老臣病足[50]，曾[51]不能疾

[35] 閔王：或作「湣王」，齊宣王之子，姓田，名地。
[36] 出走於外：指樂毅率諸侯之師攻破齊國首都後，齊閔王奔逃到莒，後被殺。
[37] 追北：指追擊敗逃敵軍。北：敗逃者。
[38] 臨淄：時齊國國都，今山東淄博。
[39] 莒：今山東莒縣。
[40] 即墨：今山東平度。
[41] 《史記‧趙世家》：「（惠文王）三十三年，惠文王卒，太子丹立，是為孝成王。孝成王元年，秦伐我，拔三城。趙王新立，太后用事，秦急攻之。」趙太后即趙惠文王之后，趙威后。用事：執政。
[42] 長安君：趙威后之少子，趙孝成王之弟，長安君為其封號。
[43] 質：人質。
[44] 強：音ㄑㄧㄤˇ，表竭力、勉力。
[45] 唾：吐口水。有輕視、鄙視之意。
[46] 左師：官名。觸讋：人名。讋：音ㄓㄜˊ。按清人王念孫《讀書雜志》云：「《戰國策》及《史記‧趙世家》，皆作『左師觸龍言願見太后。』今本龍言二字誤合。」又據馬王堆漢墓出土帛書《戰國縱橫家書》亦作「觸龍言」，故「觸讋」當作「觸龍言」。

走，不得見久矣。竊[52]自恕[53]，而恐太后玉體之有所郄[54]也，故願望見太后。」太后曰：「老婦恃輦[55]而行。」曰：「日食飲得無[56]衰[57]乎？」曰：「恃鬻[58]耳。」曰：「老臣今者[59]殊[60]不欲食，乃自強步，日三四里，少[61]益耆[62]食，和於身也。」太后曰：「老婦不能。」太后之色少解[63]。

左師公曰：「老臣賤息舒祺[64]最少，不肖[65]，而臣衰，竊愛憐之，願令得補黑衣[66]之數[67]，以衛王

---

47 揖：據清人王念孫的考證，「揖」當作「胥」，是「胥」字傳寫之誤，表等待。

48 趨：小步快走，是古代下見上、臣見君的走路姿勢。入而徐趨：指觸龍進宮後，做出趨的行走姿勢，但卻動作緩慢。

49 謝：謝罪。

50 病足：足病，即腳有毛病。

51 曾：副詞，乃。

52 竊：私下以為。

53 自恕：自我寬恕，指自己因病，平日對太后缺少問候。

54 郄：同「隙」，表有所不足，引申為身體狀態不佳的意思。

55 輦：音ㄋㄧㄢˇ，用人力所拉挽的車子。

56 得無：能不也。

57 衰：減少。

58 鬻：同「粥」。

59 今者：表近來。

60 殊：表特別。

61 少：通「稍」，表稍微。

62 耆：通「嗜」，表愛好。

63 色少解：臉上的怒色稍微緩解。

64 賤：自謙之詞。息：子息。賤息：猶言賤子，指自己的兒子。舒祺：人名，觸龍之子。

65 肖：似也。不肖：不似先人，猶言不賢。

宮。沒死[68]以聞！」太后曰：「敬諾。年幾何矣？」對曰：「十五歲矣。雖少，願及[69]未塡溝壑[70]而託之！」太后曰：「丈夫[71]亦愛憐其少子乎？」對曰：「甚於婦人。」太后笑曰：「婦人異甚[72]。」對曰：「老臣竊以爲媼[73]之愛燕后[74]賢[75]於長安君。」曰：「君過矣！不若長安君之甚。」左師公曰：「父母之愛子，則爲之計深遠[76]。媼之送燕后也，持其踵[77]爲之泣。念悲[78]其遠也，亦哀[79]之矣。已行，非弗思也。祭祀必祝之，祝曰：『必勿使反[80]。』豈非計久長有子孫相繼爲王也哉？」太后曰：「然。」

[66] 黑衣：當時趙國王宮衛士的裝束為黑衣，此指衛士。
[67] 數：名額。
[68] 沒死：冒死。沒：音ㄇㄛˋ。
[69] 及：趁也。
[70] 塡溝壑：指死，言賤者死後棄屍於田溝谿壑，無人埋葬。此為謙稱之詞。
[71] 丈夫：指成年男性。
[72] 異甚：指特別厲害。
[73] 媼：音ㄠˇ，對年長婦女的稱呼。
[74] 燕后：趙太后的女兒，嫁給燕國國君。
[75] 賢：表勝過、超過。
[76] 計深遠：考慮長久的利益，即做長遠的打算。
[77] 踵：腳後跟。持其踵：握住腳後跟，此指趙太后握住燕后腳後跟。燕后遠嫁燕國，趙太后送別時，站在車下握住燕后的腳跟，不捨燕后離開，表依依惜別之意。
[78] 念悲：惦念傷悲。
[79] 哀：哀憐。
[80] 反：同「返」。必勿使反：古代嫁至他國的諸侯之女，除了被休或所嫁之國滅亡，不然是不能回母國。故此趙太后祝禱祈求燕后不要回來。

左師公曰：「今三世以前，至於趙之爲趙[81]，趙王之子孫侯者[82]，其繼[83]有在者乎？」曰：「無有。」曰：「微獨[84]趙，諸侯有在者乎？」曰：「老婦不聞也。」「此其近者禍及身，遠者及其子孫。豈人主之子孫則必不善哉？位尊而無功，奉厚而無勞，而挾重器[85]多也。今媼尊長安君之位[86]，而封之以膏腴之地[87]，多予之重器，而不及今令有功於國，一旦山陵崩[88]，長安君何以自託[89]於趙？老臣以媼爲長安君計短也，故以爲其愛不若燕后。」太后曰：「諾，恣[90]君之所使之。」

於是爲長安君約[91]車百乘，質於齊，齊兵乃出。

子義[92]聞之，曰：「人主之子也，骨肉之親也，猶不能恃無功之尊，無勞之奉，而守金玉之重也，況人臣乎？」

---

81 趙之為趙：指趙氏建立趙國。趙本為晉國大夫，後與韓、魏二氏共三分晉國，於趙烈侯六年（公元前四〇三年）被周天子封為諸侯。

82 侯：此用為動詞，封侯。侯者：表封侯的。

83 繼：指後嗣繼承其封爵者。

84 微：否定詞，表無、不。微獨：指不僅、非但。

85 重器：指寶器。

86 尊長安君之位：指使長安君地位尊顯起來。

87 膏腴之地：肥沃的土地。

88 山陵崩：古稱帝后去世為崩，山陵則喻其地位崇高。此指趙太后去世。

89 自託：表托身、立足。

90 恣：此表聽任、任憑之意。

91 約：治、準備。

92 子義：趙國賢士。

宋清傳

柳宗元

宋清，長安[1]西部[2]藥市人[3]也，居[4]善藥。有自山澤來者，必歸宋清氏[5]，清優主之[6]。長安醫工得清藥輔其方，輒[7]易讎[8]，咸[9]譽[10]清。疾病疕瘍[11]者，亦皆樂就[12]清求藥，冀速已[13]。清皆樂然響應，雖不持錢者，皆與善藥，積券[14]如山，未嘗詣取直[15]。或不識遙與券[16]，清不爲辭。歲終，度[17]不能報[18]，

[1] 長安：唐代首都，即今陝西西安。
[2] 西部：唐朝長安城的商業區分為東部、西部二部市場，這裡指的是西部市場。
[3] 藥市人：指在市場上賣藥的藥商。
[4] 居：收購、儲藏。
[5] 必歸宋清氏：一定會賣給宋清。
[6] 優主之：給他們優惠。主：此作動詞用，表對待的意思。
[7] 輒：表每、總是。
[8] 讎：音ㄔㄡˊ。銷售、售出的意思，此指容易產生效果。
[9] 咸：表全、都之義。
[10] 譽：稱揚、讚美。
[11] 疕瘍：音ㄅㄧˇ ㄧㄤˊ，泛指癰瘡。
[12] 就：近。
[13] 冀速已：希望能夠早日康復。冀：希望。已：病癒。
[14] 券：欠債的憑證。

輒焚券，終不復言。市人以其異，皆笑之，曰：「清，蚩妄人⑲也。」或曰：「清其有道者歟？」清聞之曰：「清逐利以活妻子耳，非有道也，然謂我蚩妄者亦謬。」

清居藥四十年，所焚券者百數十人，或至大官，或連數州，受俸博，其饋遺⑳清者，相屬㉑於戶。雖不能立報，而以賒死者千百，不害清之爲富也。清之取利遠，遠故大，豈若小市人㉒哉？一不得直，則怫然㉓怒，再則罵而仇耳。彼之爲利不亦翦翦乎㉔！吾見蚩之有在也。清誠以是得大利，又不爲妄，執其道不廢，卒以富。求者益眾，其應益廣。或斥棄沉廢㉕，親與交視之落然者㉖，清不以怠遇其人，必與善藥如故。一旦復柄用㉗，益厚報清。其遠取利皆類此。

⑮詣取直：指上門討取藥錢。詣：到、前往。直：此同「值」。
⑯遙與券：從遠方寄來賒錢買藥的憑證。
⑰度：考慮、推測。
⑱報：償還。
⑲蚩妄人：痴傻蠢笨的人。蚩：音 ㄔ，無知、痴笨。
⑳餽遺：指贈送物品。
㉑相屬：連續不斷。
㉒小市人：與宋清的「遠」、「大」相反，指短視近利、牟取小利的商人。
㉓怫然：忿怒、生氣的樣子。怫：音 ㄈㄟˋ。
㉔翦翦乎：狹隘、小氣的樣子。
㉕斥棄沉廢：指被貶斥到社會底層、被廢置的人。
㉖落然：落魄潦倒。
㉗柄用：受到重用。
㉘炎而附：「炎」指顯赫，此句指看到顯赫者即趨炎附勢。

吾觀今之交乎人者，炎而附㉘，寒而棄㉙，鮮㉚有能類清之爲者。世之言徒曰「市道交㉛」。嗚呼！清，市人也，今之交有能望報如清之遠者乎？幸而庶幾㉜，則天下之窮困廢辱得不死亡者眾矣，「市道交」豈可以少耶？或曰：「清，非市道人也。」柳先生曰：「清居市不爲市之道，然而居朝廷、居官府、居庠塾㉝鄉黨㉞以士大夫自名者，反爭爲之不已，悲夫！然則清非獨異於市人也。」

㉙寒而棄：「寒」指窮困，此句指看到窮困潦倒的狀況即背棄。

㉚鮮：表少。

㉛市道交：以「利」為相交原則。

㉜庶幾：差不多。

㉝庠塾：古代的學校。庠：音ㄒㄧㄤˊ，官學。塾：音ㄕㄨˊ，私學。

㉞鄉黨：指鄉里、家鄉。

資本主義的「時物鏈」

張小虹

還記得王家衛電影《重慶森林》裡的金城武嗎？那個失戀的年輕刑警，大街小巷瘋狂尋找五月一日過期的鳳梨罐頭，只因女友棄他而去，卻仍一心期盼在五月一日生日前女友會回心轉意。鏡頭前的金城武，四月三十日深夜大啖幾十罐即將過期的鳳梨罐頭後，決定開始新的城市愛情狩獵。而在王家衛另一部電影《墮落天使》裡，金城武則是在吃了一罐過期的鳳梨罐頭後，開始失語。這當然不是有關食品安全的公益廣告，而是非常王家衛式的符號繁衍與都會偏執。

但離開電影回到日常生活，「即將過期」的食品和三十九元國民便當一樣，都成爲最新一波經濟不景氣中的熱門商品。此「即將過期」的「即品」自非「極品」，乃指食品保存期限低於二分之一，並以低於市價一至五折販售。大環境蕭條，只要是知名品牌、食品安全無慮，退而求其「即」也不失爲一種度小月的新消費態度。現今市面上的絕大多數食品，都需要清楚標明保存期限，而一旦有了保存期限，食品便成了「時品」，正式進入資本主義嚴格時間管控的「時物鏈」。

這裡並不是說食物本身沒有腐壞衰敗的時間變化，而是此時間變化一旦被數字化爲年月日時，時間與價格之間便出現了環扣，而食品的價格也將隨保存期限的逼近而降低。如果說就生產模式的歷史變革而言，雇工「時間」與雇主「金錢」數量的換算方式，成就了資本主義的勞動習慣與工作紀律，那我們是否也可以說就消費模式的歷史變革而言，商品「時間」（流行不流行，過期不過期）與商品「金錢」價格的換算方式，成就了資本主義的消費刺激與時間焦慮。資本主義「時間即金錢」的穿刺無所不在，在我們的上班下班，也在我們的冰箱，幾十種滴滴答答的「時品」都在倒數計時。

而當前的「即（急）品」熱賣，不就是資本主義新一回合「搶鮮下市」的回眸一笑，表面上是削價求售，骨子裡不也是最後一刻剩餘價值的吃乾抹盡，再次貫徹資本主義強迫及時消費的時間催逼。資本主義「搶鮮上市」能賣，「搶鮮下市」也能賣，那究竟還有什麼食品是資本主義不能賣的？沒錯，資本主義不能賣的正是過了期的食品，「過了時就一文不值」。因而很少人會去問一個眞正有趣的問題：當「過期」食品從資本主義線性「時物鏈」鬆脫之後去了哪裡？集中銷毀，員工自行處理，還是循非正式管道轉給了遊民、低收入戶或其他收容機構呢？

如果「過期」只是不能公開販售，不等於絕對「不可食」，那或許我們正可以從資本主義廢棄物的「過期食品」切入，去想像消費廢墟之外的可能風景。在德國柏林「不用錢的店」中，除了各種捐贈的傢具衣物、鍋碗瓢盆外，也有義工收集附近超市下架即將過期的蔬菜水果，免費提供市民取用，以推廣反商、反金錢交易、反資本主義以消費之名行浪費之實的信念。英、美等國也有一群「免費食物主義者」，專挑超市的大垃圾桶撿拾剛被丟棄的過期食品，他們早已練就一身判別食品安全好壞的功力，以環保愛地球的信念，反對過度消費與浪費，而在這群身體力行者中，不乏營養學家與白領美女。不論是迫於生活或出於信念，在這些人的手中，從資本主義「時物鏈」淘汰下來的食品，終於從時間即（急）金錢的「時品」，脫落成俯手可得的「拾品」。

這不禁讓我想起法國新浪潮女導演艾格妮．娃達二〇〇〇年的紀錄片《艾格妮撿風景》，以米勒的名畫《拾穗》爲詰問，用毫不矯情的鏡頭，行雲流水般的自在，沿路拍攝各種以撿拾維生或以撿拾爲樂的男男女女。有窮困的吉普賽人將賣相不好、被工廠大量拋棄的馬鈴薯，一麻袋一麻袋地搬回家做主食，有吃素的生物碩士，專在休市後的市場撿菜葉吃，更有城市遊蕩者在大垃圾桶裡開心地翻箱倒櫃。或許在資本主義嚴密時間管控的催逼之外，不是廢墟與墳場，而是人生轉換的處處風景，眞實且動人。

諸神的黃昏

呂政達

我常在行進時背誦一段遺忘的懺悔經文，要年輕的犯人也跟著我念，抬頭，才發覺落葉已鋪滿在我們的視線，漂泊的秋色，牢房裡仰望天空只剩下一種姿勢，一個眼神。低頭，繼續誦念經文，大悲心與大懺悔，要輪次數念過多少文字，才能具有變替秋日的力量，才有無邊的法力關上地獄的鐵門，阻擋輪迴因果？

敬啓者。

秋天來得如此快速，沿著河岸走過，才發覺整排樹葉悄悄變換顏色。我從刑場回來，坐下，準備寫這封信。

這個地址對嗎？你是那名高中女生的親人吧，我們住在同一座城裡，你應該也能感受到秋天來臨，我常在這樣的日子走進看守所。死刑犯常在最後一夜，在我的面前哭泣，我蒐集他們的眼淚、嘆息與恐懼，理當在經文和神的憑仗下安慰騷動惶恐的靈魂。死亡在等待他們，一名教誨師能爲他們做些什麼？掀開厚重的布簾，流蘇文風不動，然後宣告生命無常？我爲他們埋葬眼睛裡的光，給他們一一在牆上鑿洞，在祭壇找個安置燭火的角落，我的手心捧著泥沙。

本文榮獲二〇〇四年第三屆「宗教文學獎」散文類首獎。

那個年輕人在秋天來臨前，成爲我的個案。秋日在我們內心一絲一絲地沉重下來，我們信仰的宗教常說，最終，會有計算罪惡的砝碼，天平晃盪，如鐐銬上雙腳的鉛錘。但和他犯下的罪惡相比，他的個子卻比我想像的輕，瘦，而他的靈魂也會同樣的輕盈嗎？我試圖從他憔悴的眼神和語調裡，辨識出這項訊息。人們爲什麼會犯下連自己都難承受的罪，這始終是難解的謎。在那瞬間，背叛一切美德與善念，魔性野蠻入侵，靈魂像被粗魯的手指挾住的斑紋蝴蝶，奮力掙扎，鱗粉掉落。我看見他眼裡的蝴蝶，如此發問：「你有宗教信仰嗎？」

聽見這道問題的犯人，通常會先不由自主點點頭，等待我傳來赦免的訊息。接著又會用力搖搖頭，下意識察覺自己已背叛了宗教教誨，懷疑這樣還算不算有宗教信仰？那個年輕人同樣先點頭，繼而搖頭，陷進漫長的沉默。我耐心等待他的回答：「什麼宗教都可以，耶穌，觀音，菩薩，阿彌陀佛？」我看見他流露出比其他犯人更深重的猶疑，如同他的靈魂也將徘徊深淵墜落，然而他終於點點頭，從深淵回過神，唇間擠出幾個字：「以前我們家裡是拜菩薩的。」我的心稍稍鬆慰，覺得天平向我晃了過來：「我們得學習多多跟菩薩說話了。」

秋日在牢房外，用落葉和顏色變換包圍我們，那是一場無聲無息的埋伏，時間總會冷不防射過來一支箭。我常在行進時背誦一段遺忘的懺悔經文，要年輕的犯人也跟著我念，抬頭，才發覺落葉已鋪滿在我們的視線，漂泊的秋色，牢房裡仰望天空只剩下一種姿勢，一個眼神。低頭，繼續誦念經文，大悲心與大懺悔，要輪次數念過多少文字，才能具有變替秋日的力量，才有無邊的法力關上地獄的鐵門，阻擋輪迴因果？我帶領年輕人從誦念經文開始，再嘗試虔心禱告，跟他心裡的菩薩說話，夢見菩薩從毫光裡升起。他的眼睛燃起光，開始學習繪畫菩薩像，用盡整個秋日，寶相莊嚴的菩薩一一應現在白紙上，我們從沒有見過的諸神，似乎正要從虛空信步走來，穿越過牢房沉默的黃昏。只有守衛韻律般的腳步聲，傳來如中世紀修道院迴響的黃昏，慈悲與正義同時盤踞在天平的兩端，搖晃。一回，那個年輕人興奮地跟我說，夜裡，一逕沉默的菩薩終於開口跟他說話，說在雲海的另一端爲他留個座次，在秋日結束時等著他。

秋日結束時，有什麼會等著我，如果我繼續彎下腰來蒐集眼淚、嘆息和懺悔？罪人沾滿鮮血的手指，還能不能拈花微笑？想像秋日其實是一座龐大的沙漏，在我們的注視下倒轉、啓動，時間迅速地漏下來，越過一審判決、二審，駁回，三審判決。輪到會面的時間，他還是會戴上全副的手銬腳鐐，被帶來我的面前。有一天他用小孩初見萬花筒的語調，詢問起死後的世界，那個悠悠盪盪的虛空，不復有疾病與痛苦，不再存仇恨與貪念，會在槍響的盡頭等著他嗎？我想，他必然殷切地想知道答案。

答案呢？經文裡讀到的萬千芥彌世界都湧現在我眼前，彷佛只等我爲他掀開布簾，將許諾的天堂或地獄拉到他的面前。不，他如此發問：「我想要知道，像我這樣的壞人，能不能在槍決後變回一個好靈魂？」他看著我，我看見他眼裡的光與蝴蝶，我也看見秋色籠罩在我們周圍，直到那次會面結束，我都沒有能回答這個簡單的問題。

簡單的問題，如同季節的變換那樣順理成章吧。秋日已經來臨，我經常默默想起死去的高中女生，如果你還在讀著這封信，你應該是她的親人吧。或者你能幫我回答這個簡單的問題，當業力和果報是人間的法則與鐵律時，報應輪迴眈視在前，一個罪孽紋身的人子，能不能經過縫補，還原成潔白無瑕的靈魂？

濃厚的秋色也是我們生命的篇章，我穿過樹林走回家，沿著河岸，年輕女孩騎腳踏車，在風雨來臨前趕去上課。眺望她們的身影，我突然想著，住在同一座城裡，說不定我也曾經與高中女生錯身而過，眼神相遇，我還不知道要瞇起眼，爲日後她的命運而倍覺惋惜。你一定會擁有關於她的回憶，第一次爲她而開的生日派對，保留下來的相片簿，最後一次走出家門，離開你的視線。你一定也擁有一切難以挽回的憾恨，但眼看風雨就追上我們所有人了，在滿眼蕭颯的秋日，五旬節過後，供奉給聖者的餐點仍有餘溫，那麼純潔的生命爲什麼得不到眷顧？

五旬節過後，窗外風雨稍歇。在風聲的盡頭，我潛心祈禱，誦念經文，向心裡的神告白，想望內心的寧靜。我常夢見自己一再走進埋葬所有光的牢房，如絕望的痲瘋病，地獄底層，我聽見渴極的人子埋葬湖底，卻呼喊著給我一滴水吧。人爲什麼會做下如此邪惡的事，這並沒有簡單的答案。那一刻，在黃昏的樹林裡的相遇，他爲什麼忍心揮下那把美工刀呢？每場悲劇的發生，其實就是一次世界的毀滅，浩劫，我們所有人的浩劫，那是諸神缺席的黃昏，地球那個遺棄的角落，殺戮後帶來的懺悔，已不再是諸神的旨意。

如果你還在讀著這封信，或許你會想知道，是的，我陪他走到刑場的最後一道門，爲他念出最後一段懺悔經文。「要勇敢。」我低聲訴說，「菩薩會等著你，接受你的靈魂。」那道門在我面前開啓又關上，我總是會這樣做的，爲罪人，我們心裡永恆的罪。在下一刻墮入輪迴前，法警將他帶走，我瞥見門外濃重的秋色，雲彩斑斕，才驚覺另一個清晨又悄悄地展開了。我走回來，坐下，寫這封信，想像你的樣子，希望我的信能稍稍慰藉你的哀傷。慈悲與正義是我們能做的事，想像此刻，你的親人和那年輕罪人的靈魂，恰好飄盪過我們的窗前。

隨信附上年輕人畫的菩薩像，他告訴我，那是他記憶裡你親人的模樣，雖然他未曾眞正說出口，我猜那代表他的懺悔與贖罪。請你收下畫像，或者燒毀，將一切恩怨因果還給天地諸神。對了，你有宗教信仰嗎？多多親近經文，向你的神傾訴，在豐收的秋日結束前，顏色變換無常，我們多麼渴求著神的賜福。

恭祝

時祺　　秋安❶。

❶本文版式，遵作者原設計。

我在博愛特區的這一天

迪洋・馬督雷㯛

he-za das-a ka-lu-a an-sa-kang be-nu
有一隻螞蟻背著大樹豆
ni-du mak-du an-sa-kang
扛不動了
mus-ka ding-ke-ding
只見牠的頭歪了一邊
（我們都是小螞蟻，即使明白現實會壓垮了身體，但我們總還是堅強地扛著。）

——布農族兒謠・卡社

天空藍得很純粹，甚至連一絲白雲都沒有。那一片騷動著綿延而去的蟬聲就這樣鬧開了整個夏季，祖先曾討伐過的太陽，此刻以復仇的姿態在炙烤著人類世界。即便是站在樹蔭下，我身上的反光背心及重逾十公斤的槍帶裝備也輕易就使我連底褲都汗濕了。

這是一個平凡帶點悲情的日子，在博愛特區寬廣平整的道路旁，我值勤，偶爾一恍惚就會不自覺地看起行道樹上的枝杈裡是不是秘密地藏有白頭翁的窩巢。盆地的氣候一入夏總是悶熱得很，四處都在蒸騰著蜃景，眼前的車道在高溫下望去就像被潑了整片的水，顯得格外地平整明亮。前方不遠處，有人群在喧騰嘶吼著要求所謂正義，穿戴了傳統服飾的部落耆老們在豔陽下沉默地陣列著，他們與我同樣承襲有原住民的名。這也是我之所以站立於此的原因，一直以來，在上位者總是實行著一種以漢治漢，以番制番的策略。然我此刻其實只想站在這角落裡權充一不顯眼的存在，如果可以，我寧願透明。凱道上那些宛如詩歌的族服紋飾在日光裡跳躍著美麗的色澤，它們跳進了我的瞳孔衝撞了我，以至於我的眼角突然間就漫出了一股酸澀。

抬頭仰望，行道樹的枝梢在這時突然出奇的安靜，看不見鳥雀在吱喳跳動，只有數不清的葉面在掙扎折射著潑辣的日光。老家的山林卻是從不寂靜的，站在獵徑上閉著眼用心聆聽，腦海裡就能展開一整個森林疆域。恍惚裡，我想起了幼時在部落山林裡捉野鳥的情景。

小時候，我們若找到一窩初孵化的雛鳥，並不會急著要將牠們帶回圈養，孩子們會辛勤地前往探看，待成鳥將幼雛們哺育至人類手養也能存活的階段時，我們就會悄悄地披著夜色攀上樹去將鳥窩一舉攻下，抓回的鳥們便能或養或賣。當時我們最常抓的鳥類大約就是綠繡眼、白頭翁及十姊妹，因爲牠們結巢的樹種一般都不高，對孩子來說取得容易，若幸運遇有遊客將幼鳥買回，獲得的零用錢還能去雜貨店奢侈地玩一次抽抽樂或吃一枝百吉橘子冰。我想著一定要記得告訴女兒這段往事，因爲最近她老是吵嚷著要去鳥店裡買一隻羽色豔麗且價格昂貴的折衷鸚鵡。這種花錢買寵物的想法，在我們那個年代裡眞是件匪夷所思的事，正如我曾經無法理解，爲何在我們抗爭成功以前，部落裡的族人們要踏上前進中央山脈la fu lan的返鄉祭祖路時，竟然必須接受層層阻擋與盤查？日子表面上是以進化的姿態在前行，然而許多本該存有的卻以光速離我們遠去。

我工作所屬的轄區性質特殊，轄內大小政府機關林立，一直以來也都是各種陳抗組織的兵家必爭之地，我們一向都被要求不應該帶有任何立場與感情。然而，當我看見部落裡的族人們竟成爲我必須前往管制與整肅的對象時，除非我能化身成爲石頭，否則我周身流動著的屬於Bunun的血液與靈魂如何能被隔離呢？那場來自家鄉的抗爭，我記得很清楚，也是在這樣的盛夏。

那一天，爲了管制原住民的抗議活動，身爲原住民的我照例被編派騎著警用重機出勤了，才剛臨近徐州路上的政府要地，遠遠地就看見表哥及住在老家隔壁的堂叔在烈日下流淌著汗。灰髮堂叔自鼻孔噴發而出的鼻毛們還是一樣生氣蓬勃，他並不勤於修剪。堂叔總是說，祖先給我們這樣的樣貌，是爲了要我們在高山裡能更容易地生存下去。堂叔看見我到來，絲毫無視於我身上的制服與裝備，伸手就將我自警用哈雷重機上拉下。我有些緊張，以爲堂叔曾要求我褪下執法者的身分，加入他們捍衛部落權益的陣列。然堂叔卻只是苦惱萬分地說：「A Lung，你們這裡怎麼都買不到檳榔跟保力達du！我們找了好～久都找不到餒！」聽見這似乎完全放錯重點的抱怨，我啞然失笑了，此時才終於感覺情緒不那麼緊繃。曾經，在阿公所說的古老記事裡，高山布農族爲了生存，於崇山峻嶺裡滋養出了剽悍善戰的性格，我們的男人可以毫不畏懼地砍下侵入我們獵場的敵人的首級，在森林裡和最凶猛的熊豹與山豬生死搏鬥；我們的女人可以在最險峻的山林之地開墾農耕，將我們的孩子哺育成天地之間最強的勇者。所以我知道，布農族人其實可以很強悍，也因此我戒慎恐懼著，深怕這場陳抗的衝突會一觸即發。

所幸這一場來自家鄉部落的抗爭是溫和歡樂甚至帶有美感的，即便面臨著世代居住的家園可能將要被納入國家公園領地且從此生活起居都得遭受管制，部落裡的族人們還是深怕給別人帶來麻煩似地，只是自己規矩地席地而坐，唱著我們的歌。一起執勤的漢人同事見了這宛如露天音樂會的場面，戲謔地對我說：「阿幸，你還不趕快加入！去報一下戰功啊！」我很想，眞的。眼前我親愛的布農族人們，浸潤著汗水的黝黑肌膚在烈日下透著寶石一樣的光，團結而平和地唱著世代傳承的古調，這古調聲聲深深重擊著我。我禁不住要想，若是這場抗爭爆發了衝突的場面，我究竟是要掏出警棍去壓制動亂中的我的族人們，還是轉過身來與他們一起抵抗手銬束帶與噴射而來的強力水柱？一直以來，我都以我的工作爲榮，但總是在這樣的瞬間，我無法抗拒地就陷入了被撕裂的痛楚裡。

這場陳抗勤務幸運地在和平裡落幕了，回分隊前我特地先繞去轄區裡一熟識的檳榔小攤，請老闆幫忙送些保力達跟檳榔去陳抗現場。當晚，我就跟我的親人朋友們會合，一行人以母語談笑打鬧著，相偕來到位在林森北路巷弄裡的原住民卡拉ＯＫ店去歡飲歌唱。那一刻，我們不再需要站在對立的彼岸，驚懼著是否下一秒彼此就會變成敵對的陣營，因為在那一刻裡，脫下制服的我所面對的，只是久別後愉快相擁的一家人。

對向車道變燈了，我不得不從回憶的深潭裡急泳而上。都市裡的車陣在這時候總會急躁如沙丁魚群般地蜂擁而出，陣仗驚人。喜歡在部落裡順著山徑無動力滑行而下，愉快地享受撲面微風的我，一度無法適應這步調。有輛車大概是沒有注意到我的存在，違規闖了紅燈，於是我示意讓他靠邊停下。這名駕駛的氣焰一點也不亞於此刻的頂上烈日，一下車就表示認識某某要員並且作勢要打電話求援了。我只能低頭點擊著警用掌上電腦，順帶條理分明地陳述駕駛人的違規事項及其權益，因為我一點也不想看他出油、冒著汗，以及盛怒中夾帶輕蔑的臉孔。我感到濕透的內衣黏膩地吸附著我的脊背，汗珠在警帽裡順著髮絲滾落，突然間，十分懷念起裸身躍入雙龍瀑布時，渾身皆被水流溫柔裹覆的那陣冰涼與無拘束。一直到最後，該名駕駛人始終在咒罵警察只是有牌的黑道以及警察搶錢，而我只能禮貌地遞上罰單並且善意地告知：如果不服取締是可以去申訴的。

送走違規人，我又再度回到了人行道上的樹蔭裡，這時候我發現有隻褐灰色的松鼠從樹上輕巧地溜下，一轉眼卻又竄到公園的圍牆上了。剛到都市時我曾經訝異，這裡的松鼠竟然不怕人。在都市裡，經常可見帶著孩子的媽媽們看到松鼠落到地面吃食時，就興奮地指著讓孩子快看快看！而這些生活在都市中的松鼠也早已習慣並且期待人類的存在了，某些個體甚至還會刻意靠近人類以獲取足夠的食物。但是在我們的山林裡，松鼠其實是種警覺性極高的獸類，每當我們進入獵場，遠遠地便可聽見松鼠自濃密樹梢裡傳來一陣連續、短促且極具節奏的警示聲。有些較爲聰敏狡獪的松鼠，甚至會利用警示聲響引誘獵人遠離牠們的巢穴，以守護窩裡尚未長成的幼獸。山林裡的松鼠多以植物的種子及果實爲食，部落的獵人會在牠們行走的路徑上設置陷阱並擺放食物來誘捕，歷代祖先傳承下來的經驗告訴我們，部落獵人常用來布置陷阱的果實中，尤以玉米及百香果最爲松鼠們所喜愛。

一直以來，松鼠對部落裡的人們而言就是一種皮肉堅韌且味道獨特的可食動物罷了，我們將松鼠去皮之後烤乾收藏，松鼠皮及蓬鬆的尾部可加工成爲裝飾品，而烘烤後的肉乾則隨時可以用蒜末與辣椒拌炒之後下酒。我們曾經是獵人與獵物的關係，可是在這個沒有一點微風的炎熱的下午，我突然悽惻地了解到，我們跟松鼠其實都是走在同一條道路上的——親近人類與敵視人類的松鼠；順從於體制及反抗著體制的人們，我們皆是無可避免地被大環境分裂了的群體。即便我們都明白，松鼠只有在山野裡才能保有牠原該有的樣貌；而獵人一旦失去了獵場即無法被稱爲是名獵者，但在現實與生活的難關前，究竟我們該選擇輕易可以舒適溫飽的道路，還是應該勇於挺起胸膛去反抗一切加諸於我們身上的不道義？又或者，其實，我們根本就沒有選擇的權利。

這隻褐灰色的松鼠始終在圍牆上來回不停地奔走，我記得曾經在某個報導裡讀到，松鼠若是食用過多的人類食物，便會長時間呈現亢奮反應，其狀態就如同人類所患的躁鬱症。這或許可以解釋爲何我眼前的這隻松鼠會顯得如此躁動不安了。

在我還來不及意會的時候，這隻褐灰色的松鼠突然一骨碌地竄下並往滾燙的柏油路上奔去，牠怵然靜止於筆直寬廣的車道上，一動也不動。爲了投射於其上的某部分的自己，我覺得我應該走向前去將牠趕回行道樹上，然在我還未能跨步而出以前，一輛疾駛而來的高級跑車瞬間就將牠輾成一地碎片了。不遠處，有綠繡眼傳來嘲笑一般的啁啾，且樹梢裡的蟬噪也倏忽就炸開成磅礴一片，於是前方那些要求正義實現的吶喊與松鼠迷惘的身影，最終還是在這陣巨大的唧唧然裡被蒼白地淹沒了。松鼠和正義皆已壯烈犧牲，而我這才悲傷地體認到，制服下的我依然只能怔怔地站立在原地，任憑這城市的車潮與已然遠去的我們的自由，毫不留情地自我眼前奔流而往而逝去……

「新住民第二代」？叫他們「我們」就好了！

李美賢

最近接二連三參與了一些有關新移民的活動，明顯地感受到從政府部門到民間團體以及媒體記者似乎都在「尋覓」新住民第二代或邀約他們參與特定活動。比起過去，這些尋覓或邀約背後的理由，表面上看來都存在一種「善意」——肯定或激勵或提拔新住民第二代。然而必須萬般小心的是，善意地「指定族群」或「延攬特定族群」往往也進行了「族群劃界」，滋養了族群對立的意識。

去年秋天，國立暨南大學成立了東南亞學系，全國唯一，受到了長久不曾經驗的矚目。開學不久，即有單位來電詢問是否要在系內特設「新移民二代獎學金」給來系就讀的新二代或鼓勵更多的新二代選擇東南亞學系就讀。「設這樣的獎學金的必要性爲何」？來電單位回覆：「因爲他們比較『弱勢』，可以透過獎學金『激勵』他們。」至於他們何以比較弱勢？答案很標準：「因爲他們的媽媽來自發展比較落後的東南亞……家庭狀況比較不好……因此比一般學生弱勢。」

這個答案或說推論，與我們社會一般的定見無異。不論有多少研究成果告訴我們：「新住民二代的學習能力或學業成績乃至身心健康與家庭經濟狀況等等，都與其他族群學生的狀況沒什麼差異；許多的落後或不良與家庭的社經地位（或說階級）高度相關。」但這些研究成果很難改變人們的偏見與刻板印象，就像諸多中小學老師所分享的經驗一樣，他們往往在「意外」接觸到成績優良的新住民二代後，才有機會開始反思自己長久深信不移的一個想法——「外籍母親無法使用國語指導小孩課業，因此新移民二代學習成果較差」，也才有機緣開始反思並正視影響新住民二代課業的因素太多，不一定跟他們的母親是誰有關係。

換言之，一個「常態分配」下的某一種常態現象，只因爲他們的「族群身份」而被「問題化」。從「外籍新娘不要生那麼多！」到「新台灣之子多遲緩兒！」到「新住民第二代學習落後！」我們都看得到這種「問題化」的思維慣習。

過去一年多來台灣社會密集地出現了另一個現象：不同於過去的「問題化」思維慣習，採以「激勵」、「肯定」、「邀請」或「培育」等方式來「重視」或「提拔」新住民二代。許多活動「善意」地「指定」新住民二代爲受邀或參與某活動的特定對象，背後的預設是——新住民二代的媽媽來自東南亞國家，因此新二代在東南亞語言和文化上具有「先天優勢」，這個「先天優勢」可以讓他們在東南亞在台新移民工議題或「泛台灣—東南亞事務/物」上扮演優勢角色。

其中最重要的角色，也是目前主流媒體爭相報導的關鍵議題：東南亞新住民二代將成爲台灣未來在東協這塊新興市場的「貿易尖兵」！理由是：東協一體化後，在全球經貿的競爭力後勢看好，東南亞各國即將成爲國際企業投資設廠的新寵兒，當然也是台灣企業進入全球競逐的高競爭區域。正因爲東南亞市場被視爲深具「開發」與發展潛力無窮的天地，相關人才的需求量不難想像，培育擁有東南亞文化理解能力及語言能力者，成爲台灣企業進入東南亞新興市場的重要人才。

社會一股對熟悉東南亞語言及文化的人才的渴望，讓台灣主流社會將此渴望投射於擁有來自東南亞母親的第二代身上，東南亞移民新二代瞬間成了政府與民間「想像」得以透過培育而「速成」的理想貿易人才—邏輯是：因爲他們的母親來自東南亞，所以他們「理所當然」比其他同輩者擁有更多的東南亞文化知識以及語言能力！真是或真該是如此嗎？

以內政部曾結合民間企業團體合作辦理的「新住民二代青年培育研習營」爲例，網頁新聞發佈該訊息即下了——「培育新住民二代青年　成爲跨國企業尖兵」的標題。從「外籍新娘不要生那麼多！」到「培育新住民二代青年　成爲跨國企業尖兵」，就文字的表面來看，這是一個社會看待一個「族群」視野的大躍進，此一進展似乎也可以說是一個國家主流社會對移入者的慷慨氣度與進步精神。然而，慷慨與進步的背後是基於什麼樣的理由，需要仔細檢視。新住民二代青年培育研習營」活動的主旨強調：

> 爲使新住民學子能瞭解自身多重文化背景的優勢、增強自信心及善用新住民母語專長……對新移民與其下一代做人力培訓，期望藉由向下扎根，培育臺灣未來在新興市場的貿易尖兵。
>
> 新住民子女，是值得重視的下一代，但這群新住民子女相較於父母皆是本國籍的孩子，必須面對新住民母語的學習、雙重文化認同的迷惘、同儕相處的壓力等種種挑戰，這個現象已受到關注，如何讓跨文化的新住民善用自己的優勢，有很大的空間。
>
> 亞洲東協在全球競爭力逐年提高，東南亞市場未來發展潛力無窮，臺商企業在當地投資設廠者日增，對於人才需求亦有增加的趨勢，爲培育擁有多元文化背景及母語專長的新住民二代青年，成爲新興市場不可或缺的人才。

該研習營宗旨背後的論述，與近日主流媒體將「新移民子女」與「台灣企業前進東協」做了緊密的連結，具有很強的呼應性。至少，對照十幾年前呼籲「外籍配偶不要生那麼多」形成強烈的諷刺。若說這是本國社會的一種「進步」，很遺憾的是，從鄙視到重視背後的推動力，似乎是新二代被「想像」具有的跨文化雙語言優勢及其潛在的**高經濟價值**。

過去，台灣社會想像這群媽媽來自「落後」地區，因此他們及其後代「必將成爲台灣社會的負擔」，將會「拖累台灣的經濟奇蹟」。現在，台灣看到前進東南亞的必要性，「想像新住民二代成長於兩種文化兩種語言的家庭，因此必然較容易成爲文化語言人才。因此，將是台灣前進東南亞的貿易尖兵！」簡而言之，**他們被看到的不是他們確切所具有的天賦能力爲何，而是想像他們「應具有的」優勢及此優勢所可能換得的經濟價值**。

除了被想像的高經濟價值，從另一個角度來看，這類針對新住民二代提出的方案或活動，制度性地「排除（exclude）」了不具新二代身份卻具備東南亞文化與語言能力的「非新住民二代」青年。**制度性排除的惡果不難想像——無形中在台灣社會新世代間創造了新的族群界線**。這樣的排除很可能並非有意，但基本上是沒看見或忽略了台灣各類青年自發學習東南亞語言這個風潮與事實。

從北台灣到南台灣，各大學校園的東南亞語言課程是許許多多「非新住民二代」熱衷學習的語言，相信其中也存在諸多期待被政府或民間培育成爲東南亞貿易尖兵的青年。若我們持續忽視或看不到這樣的事實，未來更多由政府主導或民間倡議的相關發自善意卻高度具排除性的政策或活動，恐怕將成爲在新世代間劃下新族群界線的隱形匕首，播下新族群對立意識的堅韌種子。

除了排除，強化族群身份與特定能力的連結也反映了我們社會內在的單元性性格，以及貧乏的想像與期待能力。我們應該經驗過，不一定客家人才煮得出好吃的客家菜，沒有越南血統的台灣人也做得出美味的越南河粉或越南法國麵包，關鍵在於擁有相關知識，廚藝以及興趣。若有一天具越南血統的新二代喜愛學習俄文勝過越文，期待到俄國發展勝於到越南，難不成也將成爲一種「問題」或「背叛」或「不會善用自己的優勢」嗎？

台灣新世代青年，透過「平民與在地路線」（如背包客，國際志工，出國打工，交換生等等）比他們的上一代擁有更多的國際移動與跨文化經驗，或許正是這些經驗讓新世代超越了他們上一代的刻板印象與族群框架，在許許多多的校園，新世代間並沒有鮮明的族群界線，這是台灣社會要能看見並且要能夠「放手」任其自然發展的現象。

不可諱言，許多指定族群是「善意」的，是一種幫助或激勵經濟弱勢的新住民二代的行動；但是我們也不能一再地看不見一個事實——經濟弱勢存在許許多多的非新住民家庭！因此，何不讓善意的雨露跨越族群的界線，一體均霑。

要停筆了，廚房熬煮中的肉骨茶香味在召喚我了。我沒有馬來西亞血統，但據我馬來西亞籍的學生說，我煮的肉骨茶比他這個來自馬來西亞的人或大部分的馬來西亞人煮的好吃。（請大家相信這位學生不是拍馬屁！）我當然沒有驚訝他身為馬來西亞人卻煮不好肉骨茶，我經常看到的是他對學業落後學弟妹們的悉心鼓勵與循循善誘，那是他的天賦，將來成為一位好老師的潛能特質。

對「新住民二代」我們也應具有更多元想像的能力，畢竟我們都相信：有越南／印尼／泰國血統的新住民二代不一定比任何人更能學好越南文／印尼文／泰文或煮出更好的越南菜／印尼菜／泰國菜或更想成為越南／印尼／泰國的經貿高手。停止特殊化他們，讓他們的天賦得以自由。當然還有一個更美好的前景可以期望：停止當下從政府到民間如火如荼尋覓「新住民二代」的行動，也停止繼續此一具有鮮明族群劃界意識的族群命名行動；「新住民二代」不過就是「我們」的一員。

就叫他們「我們」就好了！

——出自《獨立評論》

沒有大學文憑的日子

王文靜

人生是一場牌局，拿什麼牌，是命中注定；如何出牌，操之在己。

Life is like a game of cards. The hand that is dealt you is determinism; the way you play it is free will.

——印度前總理尼赫魯

我的人生牌局，始於十八歲拿到的一張牌：一顆鴨蛋。若干年後，總忘不了那個笑不出來的夏天。

我是聯考的失敗者，沒考上大學，因爲數學掛蛋。唉，這其實不是一件容易的事，但我竟然辦到了。講到此，應該握拳。意思是，我的小學六年、中學六年，十二年的數學總結，一場零分。事實是，從小學三年級開始，我的月考數學分數就赤字，此後就不知道六十分爲何物。結果是，程度差，有自知之明，但怎也沒想到會在最重要的一場考試抱 個大鴨蛋。收到分數通知單時，我不可置信：「怎麼可能連一題選擇題都沒猜中！」沒能力也罷，怎麼連一點運氣都沒擠出來。

一個愁雲遮日的夏天，脫下高中制服換上另一套制服，我的大學夢碎。

我因此自卑、遺憾沒有一張大學文憑。後來在社會上工作的前幾年，當表現不錯時，他人問起哪一所學校畢業，我忘不了對方期待答案是政大新聞系，但我回答是專科生時，對方的尷尬。我也忘不了，剛踏入社會，因爲沒有亮麗文憑，想要爭取到一個面試機會的不易。

多年之後，我才懂得十八歲的這顆鴨蛋，眞是我這輩子最大的祝福。我有時會假想，那年夏天的劇情若改寫：我考上台大，結局會更好嗎？不會，更慘。本性驕傲的我肯定會變成眼高於頂、不知天高地厚的傢伙，最後，沈沒在人海中鬱鬱不得志。很慶幸，老天讓我的人生，從失敗開始。讓我提早有危機意識：「我是同儕的落後者，但不想一輩子泡在失敗的醬缸。」於是，我從十八歲後的每一步都如履薄冰，虛心蹲馬步，逆境也鬥志昂然。

愛因斯坦（Albert Einstein）說：「每個人都是天才，但如果你用爬樹的能力來斷定一條魚，魚一生都會相信自己是愚蠢的。」（Everybody is a genius, but if you judge a fish by its ability to climb a tree, it will live its whole life believing that it is stupid.）魚不但不會爬樹，記性也不好。我常自我解嘲，自己是一條魚。魚只有短期記憶七秒鐘。我也是，就連記錄十個數字的電話號碼，都須分三次才能寫完成。遑論求學時要背誦古文的之乎者也、抽考英文單字默寫。這讓我在以背誦爲主流的考試體系，短處盡現。但我有所長，邏輯清楚，對未知好奇。非常幸運，我這條魚沒有被「不會爬樹」困住。

文憑，像河水，能載舟也能覆舟；文憑，有時候也像化妝品，妝一上，讓自我或他人看不清楚眞正的你。所以，沒有漂亮文憑，很苦，但有可能是好事。當你沒有它護航，就要亮出實力，搞定事情，把自己逼到牆角。逼你必須擁有「搞定事情」的能力。人生的終場，不會取決於一場考試。文憑是一時的，很多人錯把一時，放大爲永遠，不論那是好的或不好的。不論那是好的或不好的。文憑也能夠是雋永，如果它能開啓一個人對知識的終生探索。

雖然十八歲沒拿到好牌，不過，我後來的際遇很奇妙。

雖然數學零分，現在是商周集團執行長，要對財務報表負責；

雖然沒有大學文憑，現在於台大新聞研究所教書；
雖然英文不好，還代表台灣，站上國際論壇演講。
成爲執行長、在研究所教書、到國外演講，怎會是沒有大學文憑的人敢想的未來？都不在計畫中，但就是遇到了。最大不同是，勇敢接球，收攏爲人生的風景。

——出自《沒有大學文憑的日子，我說故事》，王文靜著，商業周刊出版

我在街上看到許多卓別林

陳黎

我在街上看到許多卓別林：頭戴西瓜帽，手拄枴杖，穿著不合時宜的衣褲，鴨子般笨拙地走路。他們有的住在游泳池邊，有的住在防空洞裡，有的經常失眠、獨語，有的經常和星星約會。他們沒有看過卓別林的電影，因爲找不到卓別林電影的戲院。他們像卓別林一樣走路、戀愛、說謊、夢想、歉疚，不知道自己是卓別林。

他們走過地下道，走過市立醫院，遲遲不敢決定要不要把口袋裡的零錢丟給街頭賣藝的異國流浪者。他們走過新開幕的證券交易所，在擁擠嘈雜的人群裡撿起一朵被踩爛的花。他們把花戴在心上，向賣口香糖的女孩微笑，向大街微笑，向公車微笑——那微笑調整了城市的秩序。

他們在全世界的蹺蹺板都傾斜向電腦終端機時，寂寞地坐在公園的一角。他們是旋轉木馬，跟著走近的兒童雀躍、旋轉。他們是號碼，但他們把號碼貼在孩子們的練習簿上，成爲玩具，成爲童話，成爲感情的月曆。

他們把愛藏在垃圾桶裡，把夢鎖進消防栓。他們在餐桌上跳舞，用晚餐的小麵包當舞鞋。他們用刀叉當雲梯，把受困的心從地上載到雲外。他們唱只有聲音、沒有意義的歌。

他們拿著工具箱四處逡巡，但他們不是在紀念堂壁上隨手噴字的愛國主義者。他們是業餘的景觀學家，業餘的傳記研究者。他們把膠布貼在全市銅像的左眼、右眼，爲寢食難安的偉人治療失眠。

他們跟你一樣，也怕太太，怕鬧鐘，怕狗，怕老，雖然他們有的人還沒有結婚，並且剛剛長出一顆新牙。他們跟你一樣騎著落日、騎著白馬、騎著自己的影子上班。吃午餐，睡午覺。看晚報，看綜藝新聞，看翻譯小說。他們像上了發條的魚般在都市的水族箱間游來游去。

他們是乾涸的魚。

但他們也是潮濕的。抗拒影印機，抗拒釘書機，抗拒自動餵食機。他們跟社會版裡的惡棍賽拳。崇拜小丑、精神醫師、空中飛人。他們走過倒映在地上的鷹架的陰影，感覺自己是鷹。他們記得孤兒院，記得當鋪，記得教會的奶粉。他們記得貧窮。

他們也失戀。努力學看歌劇，不吝惜把淚灑給最近的詠嘆調。

他們也罷工，為了肛門附近小小的痔瘡。也示威，也抗議，拿著棍子包圍每夜前來啃囓青春的蟑螂。

包圍停電的發電廠。

他們是城市之光。

（一九八九）

薛西弗斯上班去

顏擇雅

需要工作又怨工作，是現代的一種人間條件。工作既然源自天怒，合當惹來人怨。且看《舊約‧創世記》，上帝將亞當夏娃逐出伊甸園，對男人說：「你要終生辛勞，才能生產足夠糧食。你得汗流滿面才吃得飽。你要工作到死，然後歸於塵土。」古希臘赫西俄德（Hesiod）在義理詩〈工作與時日〉也說，原本人做一天就溫飽一年，是普羅米修斯盜火種，犯上天，全人類連坐挨罰，才必須終年辛勞。心不甘情不願的勞動十足是凌虐，果然法文「travailler 工作」語源正是拉丁文「tripaliar 酷刑、凌虐」。

當然也有少數不知凌虐何在。他們說，我工作即興趣，能發揮所長，表現受肯定，薪水還足以吃米其林美食配美酒。針對家庭的托爾斯泰名言套在工作上好像也通：幸福的工作都是一樣的，不幸的工作各自有各自的不幸。怨言千千百，別說異口不同聲，常常同一人隔天就換一種：昨天怨沒休假，今天怨無薪假。

卡繆視工廠、辦公室中的謀生者為現代薛西佛斯。的確，工作的種種可悲，薛西佛斯幾乎占齊了。推巨石上山，推到山頂立即滾落，如此周而復始，永遠做不完，聽不到掌聲，領不到報酬，只憑意志體力苦撐。

不過，薛西佛斯的懲罰最可怕也最貼近打工族的一面，卻不在其辛苦，而在其沒變化，沒意義，沒前景。孟子以舜、傳說、膠鬲打過的工為例，主張：「天將降大任於是人也，必先苦其心志，勞其筋骨，餓其體膚，空乏其身。」問題是，絕大部分的農夫、版築工、魚鹽販心志再苦，筋骨再勞，天也不會降什麼大任，至少不是孟子心目中那種。如此說來，孟子對工農販就是似褒實貶了，他承認勞苦眾生也有偉大的可能，卻不可能偉大在其勞動果實。不管耕種出來的米粒如何香甜，蓋的房子如何美觀堅固，經營的店鋪如何童叟無欺，不轉行都不算「大任」，只算沒前途的薛西佛斯，流的汗水沒有意義。

麥當勞一九九九年曾推一支形象廣告，與孟子「天降大任」論頗有異曲同工之妙。廣告中，青少年笑吟吟遞送奶昔漢堡，每位都以箭頭說明，誰是「未來的醫師」，誰是「未來的工程師」。麥當勞彷彿承認，自己提供的是壞工作，毫無前景，只能當作正式職涯之前的一段過水。

麥當勞這廣告是爲了回應外界對「McJob」的負面印象。字頭Mc正是麥當勞，中文不妨譯爲「麥工」，卻不單指麥當勞的工作。這是喬治華盛頓大學社會學家伊茲歐尼（Amitai Etzioni）一九八六年的新鑄字，汎指八〇年代服務業擴張而大舉冒出的低薪、低技能工作。超商、超市、餐飲店只要是連鎖，都有一套標準化作業系統，店中工作就成了「麥工」。只負責上架下架刷條碼，收多少錢、找多少錢、送什麼贈品，哪些貨該補該退，機器都會指示。孟子的話「勞心者役人，勞力者役於人」應該改了。麥工不勞心也不勞力，卻必須役於機器。

如今役於機器的工作可多了，已不限於服務業。像電子產品代工就需要大量麥工，卻不標榜員工是未來的醫師、工程師。工時超長，吃住都在工廠，隨時要配合加班，怎允許你來打工賺學費？

卡繆將工人、上班族擬爲薛西佛斯那年是一九四二，當時哪有麥工？薛西佛斯如果活在今日，首先放眼望去應有千百巨石，上山流程也應切成千百段，薛西佛斯只負責其中一石之一小段。石來自何方，之後又將滾去何處，他一概不知。山頂有何風光，更不該希冀。再來，因爲一切程序都標準化，他也不該赤手推石，而是眼看螢幕，手操搖控桿。他尤其不該有少掉他巨石就無法滾動的妄想，不過他既然與幾萬推石工一起孜孜，料他也不至於生出這種妄想。

這麼說來，薛西佛斯享有一樣東西是現代大多數工作者沒有的，就是人格尊嚴。薛西佛斯是一人一石一完整流程，人動石動，人止石亦止，除了必須上山下山，不然完全自主，速度、動作、路線都隨他變化。奧維德《變形記》還說，樂神奧斐斯赴陰間拯救亡妻，彈琴歌唱，樂聲實在神妙，連薛西佛斯也不禁倚坐巨石傾聽入神。有些人明明錢多事少離家近，依然要抱怨工作，缺的就是這種自主。

其實也不只是現代，人只要進入體制，像古代官僚制，就有尊嚴受損的問題。李商隱寫「走馬蘭臺類轉蓬」，就是形容官場身不由己，來一陣風就在半空亂兜幾圈，不及落地又吹來另一陣風。韓愈短文〈藍田縣丞廳壁記〉寫縣丞這工作，名義上是副縣長，卻有名無實，常要忍受部屬臉色，手邊要被抓著簽這簽那。文中縣丞崔斯立爲了爭一點尊嚴，就利用上班時間對松吟詩，誰來煩他就說：「余方有公事，子姑去！」

現代人讀〈藍田縣丞廳壁記〉會感嘆，偷懶爲什麼不擔心丟飯碗？古代太不講效率了。讀白居易也有類似感受，他集中最多諷諭詩，寫百姓如何累死也吃不飽，也最多閒適詩，寫自己一邊做官一邊彈琴喝酒，逗小孩玩，「終歲無公事，隨月有俸錢」。一種解讀是這樣沾沾自喜好糟糕，另一種解讀是反正不能施展，炫耀閒適就成了維持尊嚴的最直接方式。

梅爾維爾短篇〈錄事巴托比〉也是怠工換尊嚴的故事。主角的工作是抄寫校對，很像唐朝校書郎。白居易當校書郎時沾沾自喜寫道：「三旬兩入省，因得養頑疏。」巴托比卻骨子硬極了，只願抄寫不願校對，直接說「我不願意」，整篇這樣跟老闆講不下二十次，連離開辦公室也不願意，逼老闆只好自己換辦公室。結尾巴托比死了，算是維持住尊嚴，卻留給老闆莫大的不快樂。

〈錄事巴托比〉的地點是華爾街（Wall Street），小說中反覆出現牆（wall）的意象。有牆不代表巴托比可以效法崔斯立、白居易，躲在牆後搞「吏隱」或「中隱」。牆代表資本主義的疏離，代表人際互動不該放感情。小說中的老闆之所以不快樂，正因爲自己也與資本主義格格不入。如果他對巴托比沒那麼仁慈，第一時間就炒他魷魚，小說就沒故事了。

疏離的確是工作引來抱怨的一大原因。疏離有其好處，對事不對人，就不會有太多情緒，但卻違反人性，因爲誰都希望被關懷，而不只是被關心工作進度。但要怎麼對抗疏離？一種方式是公社，戰國許行就提出這種主張，「賢者與民並耕而食，饔飧而治。」白話：菁英群眾一起耕田一起吃飯，吃飯時順便商討公事。這樣大家一定如兄如弟，但缺點可多了：大家吃不好穿不好，一起過苦日子。而且人人納入集體，哪有任何自由？像巴托比那樣愛講「我不願意」，在資本主義還有另謀高就的選擇，在集體社會則非勞教不可。

另一種方式，是根本不對抗疏離，而是加入它。這樣做起來並沒聽起來那麼難。社會賢達不都勸人熱愛工作嗎？只要熱愛工作到某個程度，人就可以製造疏離了。佛洛斯特一九三四年詩作〈泥濘時節二流浪漢〉，說自己四月天正享劈柴之樂，卻來了兩位流浪漢，站在那裡看著他，沒明說，樣子卻擺明是指望他讓出工作，好讓他們賺得片時溫飽。最後一段，詩人思索自己如何不願將熱愛與工作分開。許多評論家以爲這詩是在批評小羅斯福「新政」，認爲政府根本不該爲了救失業而製造沒意義的就業。考雷（Malcolm Cowley）還因此筆誅佛洛斯特，說他沒心肝，爲了自己享樂，沒雇那兩位臨時工。其實詩的結尾看不出詩人有沒雇那兩人，詩人只是點出熱愛工作會害人輕忽別人需求而已。事業有成者往往不是好丈夫、好爸爸，就是這道理。

熱愛工作卻有個確定的好處，就是得到尊嚴。在佛洛斯特另一首詩〈雇工之死〉中，主角幫農家打零工爲生，賺錢都拿去喝酒，但他綑紮疊放的草料堆總是平整無人能及，即使是別人眼中的粗賤工，仍充滿自傲，不覺自己有矮大學教授一截。

如果〈雇工之死〉是寫來讚頌工作之愛帶來尊嚴，卡夫卡短篇〈絕食藝術家〉就比較像在質疑這尊嚴値幾文。主角的專業是表演絕食給大家看，經紀人每次只讓他表演四十天，他覺得受辱，因爲他可以絕食更久。後來大眾沒興趣看了，他就與經紀人拆夥，去加入馬戲團，盡情表演他四十天依然不停的絕食。但是既然沒人盯著看，誰相信他沒偷吃？誰在意？結局當然只有一種可能：他餓死了。

跟薛西佛斯一樣，絕食藝術家做的也是毫無意義的工作。差別是薛西佛斯是挨罰，只能默默承受，絕食藝術家則熱愛工作，自願生死與之。《神曲》亦有一段，對辛勤工作充滿質疑。在地獄第四層，一群亡靈正承受類似薛西佛斯的刑罰。他們胸抵巨石，彼此胡碰亂撞，不停繞同一圈圈。在但丁筆下，地獄刑罰往往是生前造孽之延續，這群亡靈既然墮入推石永劫，可見生前一定勤奮過人。那他們生前犯什麼罪？原來是貪財與豪奢。但丁彷佛是說，辛苦應與需求成正比，辛苦超過需求，就是不義之財，活該下地獄繼續從事無意義的勞動。

也許但丁不知世上有追求卓越這種人，也許世道已變。如今貪財者早已無需辛勤，只要買房養房就夠了。如今勤奮走火入魔的大多不是貪財，而是貪功，像卡夫卡的絕食藝術家。套用勵志書的語言，就是自我期許極高。

再怎麼樂在工作，自我期許也會變成許多人的痛苦源頭。拚命挑戰能力極限，遲早挫敗。如今有誰在職涯某個高度不會碰到天花板，意識到自己志有餘而力不逮的天花板？這一點薛西佛斯幸運多了，山不加增，山頂亦不見前面還有更高山，他不必面對失敗。

失敗者不必天生懷抱雄心壯志。小村醫師包法利先生原本平淡過日，只是耳朵軟，禁不起鄰居與妻子慫恿，要他探索新知，要他濟世救人，他才會多事去幫瘸子的腳開刀。結果瘸子整條腿化膿，必須鋸掉，包法利的婚姻也完了。可知，再怎麼安分守己，也不免要面臨志大才疏的挫折。

講到志大才疏而受挫，最有名的神話就是伊卡魯斯。父親戴達魯斯建完迷宮，離不開克里特島，遂以蠟黏羽自製翅膀，父子倆插翅同飛上天。沒想到伊卡魯斯貪功，飛太高，烈日炎炎把蠟曬到融化，人就掉下去了。

通常畫家畫伊卡魯斯，一定是選羽散人墜，父親在旁愛莫能助那一刻。法蘭德斯畫家布魯各（Pieter Bruegel the Elder）畫的卻是少年已經墜海，要仔細看才會看到遠方海面露出兩隻細白小腿，顯眼處則是一名農夫埋頭耕田。英國詩人奧登在布魯塞爾看到大受震撼，寫下名詩〈美術館〉，說畫中小孩從天上掉進海，大家卻依然過日子，可見世間對苦難一貫冷漠。不過，布魯各的主題應該不是冷漠，農夫若發覺有人墜海，一定也大呼救人的。畫家應該只是想歌頌平平實實的工作。建迷宮、插翅飛天是何等「大任」，與之相較，種田人的才志何等微小。然而雄心壯志的摔死了，種田的依然種他的田，渾沒聽見撲通濺水之聲。

其實，農夫一旦全神貫注，忽略的何止是少年墜海？〈擊壤歌〉：「日出而作，日入而息，鑿井而飲，耕田而食，帝力何有於我哉？」這是先秦民歌，所以「帝」指的不是皇帝，而是天帝。怪哉！天帝掌管澇旱寒暑，農民拜天都來不及了，怎說帝力何有於我哉？也許農民這麼唱，只是在形容工作一卯足勁，就常常忘記天的無常，人的渺小。這不表示他們熱愛工作，也不是不抱怨工作。既然工作是必然，他們就全心投入，如此而已。

卡繆寫道，薛西佛斯走下山時，他意識到自己處境的荒謬，並接受命運的必然，「一切就是這樣」，抱著這種認知，他是快樂的。卡繆沒寫，在薛西佛斯推石上山時，他一定全心投入，就算天上掉下小孩也渾然不覺。此時他不能說快樂，也不能說不快樂。至於他下山，也就是今天所謂的下班，只要可以怨一下工作給老婆聽，而老婆又懂得不勸他另謀他就，因爲她清楚抱怨背後的潛臺詞正是「一切就是這樣」，只是耐心聽，這時薛西佛斯必然是快樂的。

Note

Note

國家圖書館出版品預行編目資料

大學國文選：社會與個體／輔仁大學國文選編輯委員會；王欣慧召集；孫永忠主編；邱文才、陳恬儀編撰. -- 初版. -- 臺北市：五南圖書出版股份有限公司, 2020.09
面； 公分
ISBN 978-986-522-041-9（平裝）

1.國文科 2.讀本

836 109007426

1XKC 國文系列

大學國文選：社會與個體

輔仁大學國文選編輯委員會
召 集 人— 王欣慧
主 編— 孫永忠
編 撰— 邱文才、陳恬儀
發 行 人— 楊榮川
總 經 理— 楊士清
總 編 輯— 楊秀麗
副總編輯— 黃惠娟
責任編輯— 陳巧慈
封面設計— 陳亭瑋
出 版 者— 五南圖書出版股份有限公司
地 址：106臺北市大安區和平東路二段339號4樓
電 話：(02)2705-5066 傳 真：(02)2706-6100
網 址：https://www.wunan.com.tw
電子郵件：wunan@wunan.com.tw
劃撥帳號：01068953
戶 名：五南圖書出版股份有限公司
法律顧問 林勝安律師
出版日期 2020年9月初版一刷
2023年9月初版四刷
定 價 新臺幣150元

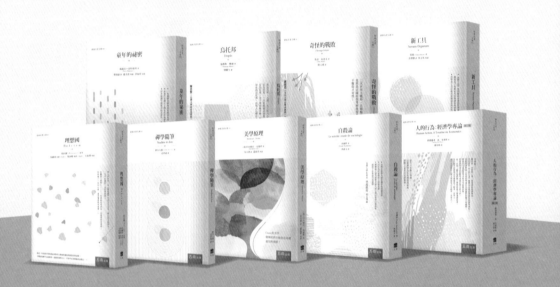